Dr. Marlena Fischer

Warum Deutsch die wundervollste Sprache der Welt ist

riva

Bibliografische Information der Deutschen Nationalbibliothek
Die Deutsche Nationalbibliothek verzeichnet diese Publikation in der Deutschen Nationalbibliografie. Detaillierte bibliografische Daten sind im Internet über http://dnb.d-nb.de abrufbar.

Für Fragen und Anregungen
info@rivaverlag.de

Originalausgabe
1. Auflage 2019

Nymphenburger Straße 86
D-80636 München
Tel.: 089 651285-0
Fax: 089 652096

Umschlaggestaltung: Maria Wittek, München
Umschlagabbildung: Shutterstock.com/shockfactor.de
Layout und Satz: Maria Wittek, München
Druck: Florjancic Tisk d.o.o., Slowenien
Printed in the EU

ISBN Print 978-3-7423-0650-0
ISBN E-Book (PDF) 978-3-7453-0208-0
ISBN E-Book (EPUB, Mobi) 978-3-7453-0209-7

Die *wundervollste* Sprache der Welt

» Aufgrund meiner philologischen Studien bin ich überzeugt, dass ein begabter Mensch Englisch (außer Schreibung und Aussprache) in dreißig Stunden, Französisch in dreißig Tagen und Deutsch in dreißig Jahren lernen kann. [...] Falls sie [die deutsche Sprache] so bleibt, wie sie ist, sollte sie sanft und ehrerbietig zu den toten Sprachen gestellt werden, denn nur die Toten haben genügend Zeit, sie zu lernen. «

Mark Twain

»Armer Mark Twain«, möchte man dem Autor von *Die Abenteuer des Tom Sawyer* voll Mitgefühl zurufen, der in seinem Aufsatz *Die schreckliche deutsche Sprache* all jene Widrigkeiten beschreibt, die nicht nur dem Deutschlernenden, sondern auch den Muttersprachlern bei ihrem Pas de deux mit der deutschen Sprache immer wieder begegnen.

In der Tat ist sie nicht leicht zu haben, sie entzieht sich, ist manchmal kaum zu fassen. Zu jeder Grammatikregel gibt es eine Liste von Ausnahmen, bei der man den Eindruck hat, dass diese mehr Gegenbeispiele enthält als eigentliche Belege für die Regel. Die deutsche Sprache kann Sätze bilden von einer Länge und Komplexität, wie sie selbst das Lateinische nur zu seinen besten Zeiten aus der Togatasche zauberte.

Und dennoch, oder vielleicht gerade deshalb, ist Deutsch für mich die **wunderschönste Sprache der Welt.**

Ich vermute mal, dass ich dich, lieber Leser, der du wahrscheinlich selbst begeisterter Lehrer, eifrig Lernender oder einfach nur leidenschaftlicher Deutschliebhaber bist, gar nicht erst davon überzeugen muss, sondern wir einfach gemeinsam eintauchen können in eine bunte Sammlung herrlicher Kuriositäten, grammatikalischer Gemeinheiten und ganz charakteristischer Deutschtümeleien.

Ich wünsche uns beiden viel Spaß dabei!

Marlena Fischer

Im Sommer 2018

Die Dudenredaktion hat 2017 nachgezählt:

23 000 000

Wörter zählt die deutsche Sprache – und das sind nur die Grundformen.

Oha!

Das Wort **»Magermilchjoghurt«** enthält alle Vokale in alphabetischer Reihenfolge.

Nicht immer ist die Beudeutung der Wörter ganz eindeutig:

Ba|na|nen|plan|ta|ge

m. Pl.

Tage, an denen man plant, Bananen zu essen.

Sage mir die Uhrzeit und ich verrate dir den Artikel:

9 Uhr:	21 Uhr:
Der Weizen Das Korn	Das Weizen Der Korn

Verwirrend

Dass das Das und das Dass, das das Daß ersetzt, nur so unfassbar schwer auseinanderzuhalten sind!

Das rosane oder das lilane Kleid?

Keines von beiden. Rosa und lila werden genau wie türkis, orange und creme nicht gebeugt.

Finde den Unterschied

Gut zu Vögeln sein

Gut zu vögeln sein

TEIL 1

Unsinnige Berufsbezeichnungen

Warum nicht einfach auf Deutsch? Welche »normalen« deutschen Berufsbezeichnungen verbergen sich hinter diesen hochtrabenden Anglizismen?

Industrial Sales Representative
Rotationsdesigner
Facility Manager

Auflösung:

Industriekaufmann/frau

Dreher – die hochtrabende deutsche Formulierung »Zerspanungsmechaniker« war vermutlich noch nicht hochtrabend genug

Hausmeister

Schweinchen Schlau!

Die Deutschen haben nicht nur für jedes Ding ein Wort, sondern auch für jedes Problem eine Lösung. Und manchmal haben sie beides:

den Eierschalensollbruchstellenverursacher

Der köpft das Frühstücksei perfekt symmetrisch genau da, wo es geköpft werden soll. Übrigens das perfekte Geschenk für alle, die *wirklich* schon *alles* haben.

Idiotentest

»Andreas Kiosk« gehört Andrea.
»Andreas' Kiosk gehört Andreas.
»Andrea's Kiosk« gehört einem Idioten.

Habseligkeiten

Dieses Wort wurde 2004 in einer internationalen Umfrage zum schönsten deutschen Wort gewählt.
Nicht schlecht, aber mein Favorit unter den Vorschlägen landete auf Platz 5:

Rhabarbermarmelade

Was für ein Klang! Fast so schön wie unser oberfränkisches »Mamaladenamerla« – ein kleines Eimerchen voll Marmelade, an dem sich alle Kleinkinder zungenbrecherisch üben dürfen.

Übrigens: Die Wahl lief über die Qualität der Begründungen. Wäre es nach Häufigkeit gegangen, wäre sowohl im Inland als auch im Ausland »Liebe« auf dem ersten und »Gemütlichkeit« auf dem zweiten Platz gelandet.

Schreck, lass nach!

Die Angst vor langen Wörtern heißt Sesquipedalophobie. Noch ein bisschen höher wird der Leidensdruck mit der Angst, bestimmte Wörter zu hören: der Onomatophobie. Puh!

Und bei Logophobie – der allgemeinen Angst vor Wörtern – hilft nur noch eines: auswandern. Wäre da nicht die Angst vor fremden Sprachen, die Xenoglossophobie.

Drunter und drüber

Deutsche Sprache, schwere Sprache. Das merken auch die Bayern immer wieder. Mit oben und unten scheinen die es auf jeden Fall nicht so zu haben:

Von wegen »Das geht weg wie warme Semmeln«

So sagt man laut einer Umfrage der Uni Salzburg für ihren *Atlas zur deutschen Alltagssprache* in Deutschland zu den kleinen, zum Frühstück gegessenen Weizenbrötchen in Deutschland wirklich:

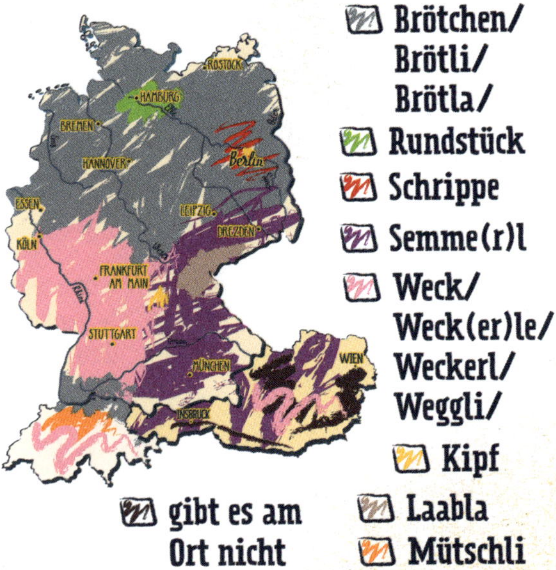

Von wegen also: »Das geht weg wie warme Semmeln.«
Richtiger: »Das geht weg wie warma Brötla.«
Oder: »Das geht weg wie warme Weckle.«
Keine Sorge, die Dudenredaktion ist bereits informiert.

Frauen an die Macht

Die meisten aller deutschen Substantive haben nur einen »richtigen« Artikel. Von diesen Substantiven sind 46 Prozent weiblich. Weit abgeschlagen auf Platz 2 und 3: männlich (34 Prozent) und sächlich (20 Prozent).

Verwechslungsgefahr!

Schlamperin: Frau mit fragwürdigem Verhältnis zu Ordnung und Sauberkeit. Männliche Form: *Schlamper* oder *Schlamperer*.
Schlampe: Frau mit fragwürdigem – sexuellem – Lebenswandel. Gibt es nicht in der männlichen Form.

Das Knie
Die Knie

»Knie« und »Knie« – Singular und Plural von »Knie« – werden gleich geschrieben, aber unterschiedlich ausgesprochen.

Die Betonung macht's

Was ist denn das?

Blumento-Pferde?

Tee-Nager

Du-Schlampe

Urin stinkt

Alt Bauch Arm

Bein-Haltung

* Blumentopf-Erde; Teen-Ager; Dusch-Lampe; Ur-Instinkt; Altbau-Charme; Be-Inhaltung

Was ist man eigentlich, wenn man keinen Durst mehr hat?

1999 wurde im Rahmen eines von Duden und Lipton ausgeschriebenen Wettbewerbs ein Begriff für diesen Zustand gesucht. Der Gewinner »sitt« hat es jedoch leider nicht in den allgemeinen Sprachgebrauch geschafft. Schade. Da müssen wir wohl weitertrinken.

Ein Ratschlag für alle Dolmetscher:

»[M]an mus nicht die buchstaben inn der lateinischen sprachen fragen, wie man sol Deutsch reden, wie diese esel thun, sondern, man mus die mutter

jhm hause, die kinder auff der gassen, den gemeinen man auff dem marckt drumb fragen, und den selbigen auff das maul sehen, wie sie reden, und darnach dolmetzschen, so verstehen sie es den und mercken, das man Deutsch mit jn redet.«

Martin Luther aus Eisleben über das richtige Übersetzen in die deutsche Sprache.

Ben und Emma

waren die beliebtesten Vornamen 2017.
Vor fünfzig Jahren waren das noch

Thomas und Claudia.

Noch einmal hundert Jahre zurück landen wir bei

Gertrud und Hans.

Kandidaten für die um sich greifende Renaissance alter Vornamen? In dem Fall vielleicht lieber doch nicht …

TEIL 1

Warum einfach, wenn's auch kompliziert geht?

Der, die, das ...

Das Wort *Triangel* kann sich nicht so ganz entscheiden, ob Männlein, ob Weiblein oder irgendwas dazwischen und ist einfach dreierlei Geschlechts. In Deutschland vorzugsweise weiblich, manchmal männlich – und in Österreich sogar manchmal: das Triangel.
Wieso, weshalb, warum?

Treueeid

Kein Wort im Duden enthält mehr aufeinandefolgende Vokale – nämlich: **5**.

Onomatopoesie

Die Kunst, akustische Ereignisse außerhalb der Sprache mit Worten nachzubilden. Oder, etwas poetischer ausgedrückt: die Kunst, mit Worten Laute zu malen.

- rascheln
- klirren
- Wauwau
- Miau
- rumpeln
- summen
- zirpen
- klatschen
- tirilieren
- tropfen
- peitschen

Diutischin sprechin, Diutischin liute in Diutischemi lande.

Im *Annolied*, das sich mit dem Leben und Wirken des Erzbischofs von Köln Anno II. befasst und irgendwann zwischen 1077 und 1081 verfasst wurde, werden zum ersten Mal die deutsche Sprache, das deutsche Volk und die deutschen Lande unter dem Wort »diutisc« versammelt.

Des Deutschen liebste Wurst

Wie lieb wir Deutschen unsere Wurst haben, zeigt ein Blick in die Sprichwörterkiste.

In der Not schmeckt die Wurst auch ohne Brot.
Jetzt geht's um die Wurst!
Mit dem Schinken nach der Wurst werfen.
Wie der Mann, so brät man ihm die Wurst.
Wieder eine Extrawurst!
Die Bratwurst sucht man nicht im Hühnerstall.
Du Hanswurst!
Spiel nicht die beleidigte Leberwurst.
Rache ist Blutwurst.

Das Geheimnis um die Wurst

Angesichts der vielfältigen Einsatzmöglichkeiten der Wurst in der deutschen Sprache ist eine Tatsache besonders rätselhaft:
Niemand weiß, woher das Wort »Wurst« wirklich kommt. Es taucht zwar im Althochdeutschen auf – aber das ist auch schon alles. Wie es hier gelandet ist, weiß niemand.

Die Doppelbödigkeiten des Deutschen

Wer mit uns Deutschen gut zurechtkommen will, der muss sie erkennen und im Idealfall selbst besitzen: die Gabe, Dinge zu sagen und etwas völlig anderes zu meinen:

Was wir Deutschen sagen:	Was wir Deutschen eigentlich meinen:
»Aha.«	»Laaangweilig.«
»Wie interessant.«	»Noch langweiliger.«
»Ich ruf dich an.«	»Heute haben wir uns das letzte Mal gesehen.«
»Bitte schön!«	»Bedank dich wenigstens, du undankbarer Arsch.«

»Ja, das kenn ich aus eigener Erfahrung …«	»Und jetzt will ich dir meine Geschichte reindrücken, wenn ich dir schon 30 Sekunden zuhören musste.«
»Schon gut.«	»Nichts ist gut.«
»Passt schon.«	»Nichts ist gut« – aber Vorsicht, gleichzeitig gilt die Formulierung als das höchste Lob der Franken: »Wie war dein Geburtstag?« »Basst scho« (= eine wilde Hauszerstörungsparty, um zehn Uhr am nächsten Morgen sind die letzten Gäste gegangen, nachdem sie endlich ihre Hose wiedergefunden hatten)
»Ich kann leider nicht, hab noch was vor.«	»Nämlich Chips essen und TV glotzen.«
»Das haben wir schon immer so gemacht.«	»Und ich hab auch keine Ahnung, wie man es anders machen sollte.«
»Ja ja!«	»Leck mich am Arsch.«

TEIL 2

Finde den Unterschied

Jemanden **festnehmen**

Jemanden **fest nehmen**

In der analalen Phase hängen geblieben

Wenn Deutsche fluchen, greifen sie sprachlich meist ins Klo – nämlich zu Fäkalien. Da ist alles

scheiße!

und der andere ein

Arsch oder Arschloch!

Bei unseren Nachbarsprachen muss eher der sexuelle Bereich herhalten. Doch keine Sorge, wir ziehen nach.
Wie das?

Fuck, du Wichser!

Love Love Love

Bei der Beschimpfung von Frauen ist es eine andere Größe, an der sich die angegriffene Dame messen muss, nämlich an der Menge Erotik, die sie mitbringt.

Zu wenig Erotik	Zu viel Erotik
Emanze	Hure
Xanthippe	Bitch
Brillenschlange	Schlampe
Mauerblümchen	Nutte
Beißzange	Flittchen
Drache	Dorfmatratze

Das Beispiel zeigt: Man kann es als Frau eben niemandem recht machen …

Das Tier in mir

Bei den Männern ist es dagegen etwas ganz anderes, an dem sich die Geister scheiden: das Animalische.

Zu wenig Tier	Zu viel Tier
Warmduscher	Bock
Sitzpinkler	Pfau
Softie	Macho
Schlappschwanz	Chauvi
Schisser	Casanova
Waschlappen	Schürzenjäger

Von wegen langweilig.

Deutsch – der bunte Hund

Englisch	Colour
Französisch	Couleur
Italienisch	Colore
Amerikanisch	Color
Polnisch	Kolor
Deutsch	Farbe

Das Multitalent unter den deutschen Wörtern ist

Band.

Das gibt es mit sage und schreibe drei Artikeln – und vier Pluralformen:

Das Band	Die Bänder
(»ich binde meine Schuhbänder«)	
Das Band	Die Bande
(»Blutsbande«)	
Der Band	Die Bände
(»sieben Bände Harry Potter«)	
Die Band	Die Bands
(»die Bands Iron Maiden und Metallica«)	

TEIL 1

Nichts ist unmöglich

Wir Deutschen können Dinge jederzeit **verschlimmbessern**.

»Ich bin dein Vater!«

Wir Deutschen hätten Ende der 70er-, Anfang der 80er-Jahre im Grunde gar nicht so angestrengt mit Luke Skywalker mitfiebern müssen, hätten wir uns den Namen seines Vaters einmal genauer angeschaut. »Darth Vader« – wie blind konnten wir nur sein? »Darth« stammt vermutlich vom Rakata-Wort »Daritha« und bedeutet so viel wie »Herrscher«. Verzeihlich, wenn man das nicht weiß. Unverzeihlich aber: das »Vader« nicht als »Vater« zu erkennen.

Wobei die Niederländer ja noch früher hätten draufkommen müssen ...

TEIL 1

Unübersetzbar

Diese deutschen Wörter können im Englischen nur umschrieben werden:
Der »Dreikäsehoch« ist im Englischen »knee-high« – ob es das genau trifft?
Weitere Beispiele:

- Kummerspeck
- Torschlusspanik
- Fernweh
- Erklärungsnot
- Innerer Schweinehund
- Kuddelmuddel

Bitte aussprechen!

zuzuzurren

Infinitiv von »zuzurren« – an etwas so lange »zurren«, bis es »zu« ist.

Lust auf Hechtsuppe?

Der Wind, der zieht wie Hechtsuppe, geht vermutlich zurück auf die jiddische Formulierung »hech supha« – den starken Wind.
Noch mehr Begriffe aus dem Hebräischen oder Jiddischen gibt es hier:

- Bohei
- großkotzig
- Ische
- Kaff
- kotzen
- meschugge
- Mischpoke
- angeschickert
- schleimen
- schmusen
- Techtelmechtel
- Zoff

Ausländer raus!

Alarm an alle Sprachpuristen! *Kartoffel* ist eigentlich kein deutsches Wort, sondern geht wie die russische

»kartofel« oder die litauische »kartupelis« auf die italienische »tartufolo« zurück.
Ordentlich deutsch ist der »Erdapfel«, die »Grundbirne«, auf die auch die ungarische »krumpli« zurückgeht.

26+4

Zeichen umfasst das deutsche Alphabet, nämlich 26 Buchstaben und mit ß, ä, ö und ü vier Sonderzeichen. Wirklich anstinken können wir gegen andere Alphabete damit aber leider nicht.
Hier die Top 3 der nichtlateinischen Alphabete mit den meisten Buchstaben:

1. Japanisch: 46 Zeichen
2. Armenisch: 38 Zeichen
3. Russisch: 33 Zeichen

TEIL 2

Unsinnige Berufsbezeichnungen

Welche Berufsbezeichnungen verbergen sich hinter diesen Faketiteln?

Saftschubse
FußbodenkosmetikerIn
Geschirrrecycler
Tellertaxi
Strippenzieher

Auflösung:

Steward/esse

Putzfrau/mann

Spülhilfe

KellnerIn

Elektriker

Hast du mal ein Tempo?

Wörter, die von einem Eigennamen abgeleitet wurden, nennt man »Deonyme«, wir kennen das vor allem von Markennamen, die Allgemeingültigkeit erlangt haben, wie »Tempo« oder »o.b.«.
Bei diesen beiden fällt einem die korrekte Bezeichnung »Papiertaschentuch« oder »Tampon« vielleicht noch ein.

Aber wie ist es beim Bowiemesser?
Der Flex?
Dem Walkman?
Der Hilti?
Dem Edding?
Dem Polaroid?

TEIL 1

Sprachlernend in Deutschland

Sportlehrer: »Wir machen jetzt Dehnübungen.«
Tarek: »*Dic* Übungen!«

Glücksrad

Seit 2016 läuft die Kultshow wieder auf RTLplus. Und wer teilnehmen will, der muss Bescheid wissen. Wie buchstabiert man in Deutschland glücksradmäßig korrekt?

A wie Anton	N wie Nordpol
B wie Berta	O wie Otto
C wie Cäsar	P wie Paula
D wie Dora	Q wie Quelle

E wie Emil	R wie Richard
F wie Friedrich	S wie Siegfried
G wie Gustav	T wie Theodor
H wie Heinrich	U wie Ulrich
I wie Ida	V wie Viktor
J wie Julius	W wie Wilhelm
K wie Konrad	X wie Xaver
L wie Ludwig	Y wie Ypsilon
M wie Martha	Z wie Zürich

Eine kleine Info am Rande: Das Buchstabieralphabet, wie wir es heute verwenden, geht zurück auf die Nazis. Vorher hieß es zum Beispiel »D wie David« oder »S wie Samuel« – aber jüdische Namen, das ging in den 1930er-Jahren nicht!

Politisch korrekt

Wenn Ihnen aber mit diesem neuen Wissen das Glücksradalphabet politisch nicht ganz korrekt erscheint, dann bleibt Ihnen immer noch das Nato-Alphabet:

A wie Alpha	N wie November
Ä wie Alpha Umlaut	O wie Oscar
B wie Bravo	Ö wie Oscar Umlaut
C wie Charlie	P wie Papa
D wie Delta	Q wie Quebec
E wie Echo	R wie Romeo
F wie Foxtrott	S wie Sierra
G wie Golf	T wie Tango
H wie Hotel	U wie Uniform
I wie India	Ü wie Uniform Umlaut
J wie Juliet	V wie Victor
K wie Kilo	W wie Whiskey
L wie Lima	X wie X-Ray
M wie Mike	Y wie Yankie
N wie November	Z wie Zulu

Hört sich auch gleich viel lässiger an: »Ein W wie Whiskey bitte!«

Why?

... fragt der Engländer.

Deutsche gehen den Ursachen und Wirkungen genauer auf den Grund und fragen nicht nur wie in der *Sesamstraße* »Wieso, weshalb, warum?«, sondern auch: Weswegen? *Wozu? Wofür?* Die Bedeutung: im Grunde gleich. Das Sprachgefühl macht den Unterschied.

Nicht erschrecken!

»Erschrecken« kann man auf ganz unterschiedliche Art und Weise. Erschreckt man andere, dann wird »erschrecken« regelmäßig gebeugt: »Der Hund erschreckt den Postboten. Dessen Schreie erschrecken wiederum uns.«
Anders sieht es aus, wenn man selbst erschrickt, dann wird das Ganze plötzlich sehr unregelmäßig: »Mensch, bin ich erschrocken!«

»Da hab ich mich erschrocken« sagen dagegen nur Leute, die in ihrer Freizeit gerne Sprachwissenschaftler erschrecken.

TEIL 3

Finde den Unterschied

Fahr lässig

Fahrlässig

Schwierig – schwieriger – Deutsch!

Die Top 5 der am schwierigsten auszusprechenden Wörter der deutschen Sprache:

5. *Streichholzschächtelchen*
4. *Desoxyribonukleinsäure*
3. *Bitte*
2. *Danke*
1. **Entschuldigung**

Preisfrage:

Was gibt es in diesem Geschäft in der Pfalz zu kaufen? Und was nicht?

Hemmer hem mer, awwer Hemmer hem mer kee.

Auflösung:

Hämmer – aber keine Hemden! War ja wohl leicht!

Wer hat das Längste?

Rindfleischetikettierungs-überwachungsaufgaben-übertragungsgesetz

ist das längste deutsche Wort im Dudenkorpus – Eintagsfliegen und Zahlwörter einmal ausgenommen.

In Wort und Bild

Theodor Kornfeld (1636–1698): Sanduhr

Die Zeit vergeht/
Und halb entsteht/
Der Rechnungstag
Von aller Sach;
Sey fromm
Und kom.
✝
Der Sand versinket/
Uns damit winket/
Wir sollen fort
Zum anderen Orth/
Gott uns leite/
und bereite!

Miss alle Stunde wohl und richte deien Sachen;
Das du in der letzten Stund kanst gute Rechnung machen!

TEIL 1

Doppeldeutigkeiten

Haarlänge ...

»Ich möchte meine Haare wachsen lassen!«

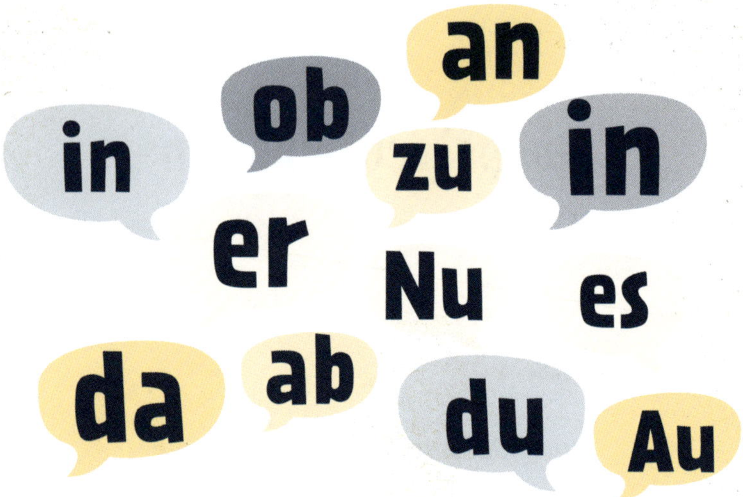

Wer hat das Kürzeste?

Mit Kürze brauchen wir Deutschen nicht zu prahlen. Andere Sprachen haben ganz herrliche Einbuchstabenwörter vorzuweisen – zum Beispiel ist ein einfaches »a« nicht nur der englische unbestimmte Artikel, sondern auch das polnische »und« sowie eine Verbform des rumänischen Worts »avea« – »haben«.
Unsere kürzesten Wörter haben dagegen immer mindestens zwei Buchstaben. Von wegen sparsame Deutsche!

Ein Bock ist jenes Tier, welches auch als Bier getrunken werden kann.

Wilhelm Busch

Doch da müssen wir dem lieben Wilhelm leider widersprechen – der Bock hat nämlich nichts mit dem Ziegenbock zu tun, sondern mit der Stadt Einbeck bei Göttingen, wo schon im 14. Jahrhundert so richtig starkes Bier gebraut wurde. Der Markenname wurde gekapert und irgendwann ein Selbstläufer (das kennen wir schon – die sogenannten Eponyme).
Gleichzeitig heißt die Bockwurst übrigens nicht so, weil sie aus Ziegenbock hergestellt wird oder es so unglaublich Bock macht, sie zu essen. Nein, sie schmeckt zum Bock einfach besonders gut.

Die knallharten Deutschen

Wie gut, dass die Schweizer auch Hochdeutsch verstehen. Bei einem Banküberfall kannst du, lieber Leser, also ruhig mit einem zackigen »Hände hoch, oder es knallt!« die Tür eintreten.
Wie willst du auch bei den Worten »Händli is Lüftli. Das isch en Überfall« ernst bleiben?

Schüttelreime machen Lust, möglich, dass du lachen musst.

Aber was ist das denn genau, so ein Schüttelreim?
Ein lustiger (muss nicht, macht aber einfach mehr Spaß) Reim, bei dem die Konsonanten vertauscht werden – und zwar in der Regel die der letzten beiden betonten Silben.

Muss aber nicht immer genau so sein. Hier zum Beispiel – da schüttelt es einen auch so:

Hallo, i bims die Jugendsprache

Wenn wir Pech haben, werden unsere Kinder und Enkelkinder in 50 Jahren durch die Bank so sprechen, schließlich haben auch so einige Begriffe aus der Jugendsprache der 1950er- und 60er- Jahre Eingang in unseren alltäglichen Sprachgebrauch gefunden:

der Typ
abgebrüht
der Fan
gammeln
Kumpel
der Hammer!
auf etwas stehen
super
irre
in und out
Tschau/Ciao

Bitte ...

... fragt oder sagt der Deutsche.
Für den Engländer wird das Ganze gleich viel komplizierter. Bei dem hört sich das nämlich so an:

Pardon?	Bitte?
Please.	Bitte.
Here you go.	Bitte.
Go ahead.	Bitte.
Don't mention it!	Bitte!
Not at all.	Bitte.
Never mind!	Bitte!
You're welcome.	Bitte.
It's all right!	Bitte!

Ch

Schemie, Chemie oder Kemie? Das ist nur eines der vielen Probleme bei der Frage, wie das »Ch« am Wortanfang von Fremdwörtern richtig auszusprechen ist.

- Mal wie ein K bei *Chianti*, *Chaos* – aber eben nicht *Chemie*,
- mal gerotzt wie bei *Chuzpe*– aber eben nicht *Chemie*,
- mal halb gepresst und ein bisschen gezischt wie bei *Chips* und *Checkpoint* – aber eben nicht *Chemie*,
- mal wie *Sch* bei *Champignons*, *Chance* – aber eben auch nicht *Chemie*,
- oder ganz klassisch – einfach als *Ch* – ja, wie bei *Chemie*.

Ich packe meinen Koffer ...

Ein Wort, in das man wie in einen Koffer zwei Worte packt – fertig ist das Kofferwort. Das geht natürlich nicht immer, ein bisschen ähnlich, also »morphologisch überlappend«, müssen sich die Worte schon sein.
Meine Top 5 der schönsten deutschen Kofferworte:

Platz 1: Jein

Es folgen

- Chillaxen
- Brunch
- Schokoholic
- Besserwessi

Kein Wort bringt die deutsche Zerrissenheit besser zum Ausdruck als das von Fettes Brot so herrlich besungene

Jein

Und ein Unikat ist dieses herrliche Kofferwort noch dazu. Andere Sprachen müssen da auf Behelfslösungen ausweichen …

sì e no	Italienisch
tak i nie	Polnisch
yes and no	Englisch
oui et non	Französisch
ja og nej	Dänisch
sí y no	Spanisch

Reifen – Ferien – Feiern

Was haben diese drei Begriffe gemeinsam? Nun ja, außer dass man in den Ferien auf heißen Reifen irgendwohin fährt, um dort anständig zu feiern?
Die drei Wörter sind Anagramme und bestehen aus genau denselben Buchstaben.
Und jetzt aufgepasst – es geht noch wilder!

Tresen
Trense
Sterne
Nester

Jats oder Dschäs

Egal, wie du's aussprichst: Beides ist richtig. Ist das nicht mal schön in einer Zeit, in der man im Grunde alles irgendwie falsch aussprechen kann? Zum Beispiel, wenn du den unverzeihlichen Fauxpas begehst und das Doppel-L in Mallorca tatsächlich auch als solches ausprichst. Gott bewahre! So ein ungereister Bauerntrampel!

Trump sei Dank!

Das Wort »postfaktisch« wurde 2017 neu in die 27. Ausgabe des Dudens aufgenommen.

Himmiherrgottsackelzementzefixhallelujamileckstamarschscheissglumppvarreggts!

So herrlich flucht man nur in Deutschland.

Darfs noch ein bisschen mehr

Dörrleiche

sein?

Glücklicherweise setzte sich 1813 Joachim Heinrich Campes Vorschlag zur Verdeutschung eines »unserer Sprache aufgedrungenen« fremden Ausdrucks nicht durch.
Es blieb bei »Mumie«.

Abk. nur auf dem Papier ...

... sind die folgenden Bsp. Vorgelesen wird das ganze Wort:

Dr.
d. h.
z. B.
Nr.
sog.
z. T.

Seit Juni 2017 haben wir einen neuen Buchstaben:

das große ẞ.

Damit hat auch endlich die leidige Frage ein Ende, ob es bei Versalschriften nun korrekt »STRASSENBAHN« oder »STRAẞENBAHN« heißen muss. Ja, kein Sprachproblem, für das wir umtriebigen Deutschen nicht eine geniale Lösung finden.

Kalauer

Zunächst die trockene Theorie: Bei einem Kalauer handelt es sich um einen einfachen, nicht besonders geistreichen Witz, der meist auf einem Wortspiel basiert. Wie das aussieht? So vielleicht:

- Hast du ein Bad genommen? Warum, fehlt eins?
- Geht ein Cowboy zum Friseur. Als er wieder rauskommt, ist sein Pony weg.
- Was liegt am Strand, und man versteht es nur ganz schlecht? Eine Nuschel.
- Was macht man mit einem Hund ohne Beine? Um die Häuser ziehen.
- Wie heißt die Mutter von Niki Lauda? Mama lauda!
- Wo wohnt eine Katze am liebsten? In einem Miezhaus.
- Was macht ein Schalker, wenn er Meister wird? Die Playstation aus.
- Was ist ein Spanner, der gestorben ist? Weg vom Fenster.

- Was sagt ein Krokodil, das einen Clown gefressen hat? Schmeckt irgendwie komisch.
- Wer wohnt im Dschungel und schummelt beim Spielen? Mogli.

TEIL 2

Nichts ist unmöglich

Im Deutschen gibt es so etwas Kurioses wie die **Holzeisenbahn**.

TEIL 4

Finde den Unterschied

Was hat dieser Mann?

A: ... liebe Genossen?

B: ... Liebe genossen?

Über 100 000 000 Menschen sprechen Deutsch als Muttersprache.

Was braucht es groß der Worte!

»Und?«
»Muss ja. Selbst?«
»Passt schon!«
»Schon gewusst …?«
»Ja ja.«
»Is ja …«
»Yeap!«
»Puh!«
»Aber hallo!«
»Olalala!«
»Hihi!«
»Hähä.«

Im Deutschen kommen tief greifende Gespräche auch ohne große Worte aus …

Kein Wort im Duden enthält mehr Es – ohne irgendeinen anderen Vokal:
wettbewerbsverzerrend

Zungenbrecher

Wer braucht Fischers Fritze, wenn er sich auch in seinem ganz persönlichen Dialekt die Zunge brechen kann:

Wonn i kemma ko, kimm i, i wia owa koam kemma kinna.
Moischt mascht Moscht? Moscht muasch mega!
Harr'ck 'ne Hark hat, harr'ck harkt hat, harr'ck ne Hack hat, harr'ck hackt hat.

Und was hat das Ganze zu bedeuten?

Die Auflösung gibt es hier:

Wenn ich kommen kann, dann komme ich, ich werde aber wohl nicht kommen können.
Meinst du, du magst Most? Most muss man mögen!
Hätte ich eine Harke gehabt, hätte ich geharkt, aber ich hatte keine Harke – also habe ich nicht geharkt.

Anscheinend ein echtes Problem ...

... ist auch bei vielen Muttersprachlern der Gebrauch von »anscheinend« und »scheinbar«.
Sehen wir uns doch zu Illustrationszwecken Schneewittchens böse Stiefmutter vor dem Spiegel an.
Wenn der Spiegel zu ihr sagt: »Anscheinend seid Ihr die Schönste im ganzen Land«, dann heißt das: »Ich habe mich umgesehen und komme auf dieser Grundlage zu meiner für mich zu 99 Prozent sicheren Aussage.«
Wenn der Spiegel allerdings antwortet: »Ihr seid scheinbar die Schönste im ganzen Land«, dann kann er sich auf einen Wutausbruch erster Klasse gefasst machen: Denn wenn die Stiefmutter nur scheinbar die Schönste ist, dann gibt es anscheinend jemanden, der hübscher ist. Und zwar:
Schneewittchen.
Alles klar?

Die durchschnittliche Wortlänge im Duden beträgt 10,6 Buchstaben.

Der Plural macht's

Manche Wörter sind im Deutschen ja schwer auseinanderzuhalten. Ist der Vater, der bei einer Bank arbeitet, im Finanzbereich tätig oder verschönert er als Landschaftsgärtner die Gegend um eine Gartenbank herum? Glücklicherweise bilden wir fleißigen Deutschen den Plural nicht wie die Engländer und Franzosen einfach faul mit -s (Ausnahmen vorbehalten), sondern auf ganz viele unterschiedliche Arten, die Deutschlernende in den Wahnsinn treiben, aber uns in folgenden Fällen zu unterscheiden helfen …

Der Star	
die Stars	die Stare

Die Mutter	
die Mütter	die Muttern

Der Strauß	
die Strauße	die Sträuße

Der Block	
die Blöcke	die Blocks

Der Balg	
die Bälge	die Bälger

Die Bank	
die Bänke	die Banken

Deutsche Schreibschrift

Du denkst, du hast die deutsche Schreibschrift drauf, lieber Leser?
Dann sieh dir das mal an:

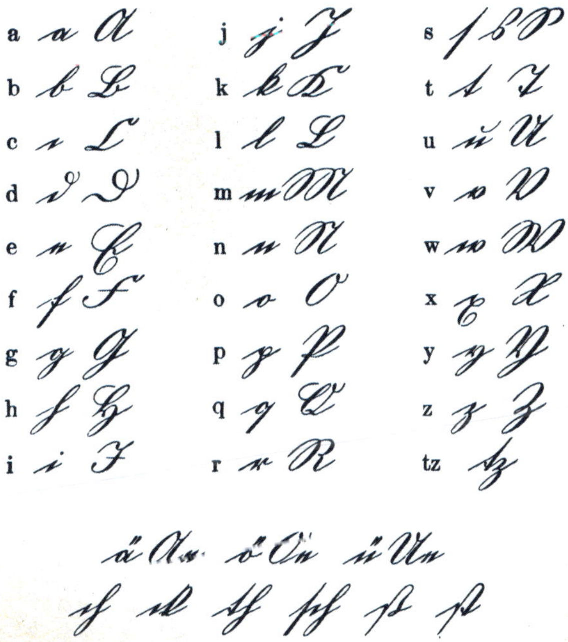

Diese Schrift, auch als »Deutsche Kurrentschrift« oder kurz »Kurrent« bezeichnet, war von der frühen Neuzeit bis ins 20. Jahrhundert die allgemeine Verkehrsschrift im deutschen Sprachraum.

TEIL 1

Ohne die Deutschen geht es nicht …

Im Englischen:

*gibt es tatsächlich, heißt so viel wie: etwas ablehnen

Falsche Freunde

Und auch sonst haben Deutsch und Englisch viel gemeinsam. Kein Wunder, schließlich sind beide germanische Sprachen, die sich dann allerdings auseinanderentwickelt haben. Deshalb bedeutet manchmal das, was sich ganz gleich anhört, eigentlich etwas völlig anderes:

Deutsch	Richtige Übersetzung	Falscher Freund	Dessen Übersetzung
arm	poor	arm	Arm
Bank	bench	bank	Geldinstitut
bekommen	to get	to become	werden
brav	well-behaved	brave	mutig
Direktion	management	direction	Richtung
Enkel	grandchild	ankle	Knöchel
Fahrt	journey	fart	Furz
flattern	to flutter	to flatter	schmeicheln
Gift	poison	gift	Geschenk

gültig	valid	guilty	schuldig
Gürtel	belt	girdle	Hüfthalter
Kissen	pillow	kiss	Kuss
Menü	set meal	menu	Speisekarte
Mist	dung	mist	Nebel
mondän	sophisti-cated	mundane	banal
Mörder	murderer	murder	Mord
Oldtimer	vintage car	old-timer	Alter Hase
plump	clumsy	plump	mollig
Rückseite	back	backside	Hintern
Spanner	Peeping Tom	spanner	Schrauben-schlüssel

i

1077 Wörter hat der vermutlich längste Satz der deutschen Literatur. Gefunden in Hermann Brochs *Tod des Vergil*.

Vom Ödipuskomplex maßlos gequält, übt Wilfried zyklisches Jodeln.

Keine Sorge. Mit Freud hat das Ganze hier nichts zu tun, vielmehr geht es bei diesem Satz darum, alle Buchstaben des Alphabets in einem Satz unterzubringen. So einen Satz nennt man Pangramm.

Ja. Es gibt kürzere.

Ja. Es gibt Sätze, die nicht nur Pangramme sind (alle Buchstaben), sondern auch Isogramme (alle Buchstaben gleich oft).

Aber bekommt man bei diesem Satz nicht gleich Lust mitzujodeln?

TEIL 2

Warum einfach, wenn es auch kompliziert geht?

bestimmte Artikel				
Fall	**maskulin**	**feminin**	**neutral**	**plural**
Nom.	der	die	das	die
Gen.	des	der	des	der
Dat.	dem	der	dem	den
Akk.	den	die	das	die

bestimmte Artikel				
Fall	**maskulin**	**feminin**	**neutral**	**plural**
Nom.	the	the	the	the
Gen.	the	the	the	the
Dat.	the	the	the	the
Akk.	the	the	the	the

Beitrag zur deutsch-österreichischen Völkerverständigung

»Ausrasten« bedeutet auf Österreichisch das komplette Gegenteil, nämlich »sich ausruhen«.

Die österreichische »Tschick« hat nichts mit dem neudeutschen »chick« zu tun, sondern bezeichnet eine Zigarette.

»Palatschinken« können auch Vegetarier essen, das sind nämlich Pfannkuchen. (Aufgepasst, liebe Berliner! Eierkuchen – keine Krapfen!)

»Häfen« ist kein seltsam ausgesprochener Hafen, sondern eine Justizvollzugsanstalt – ein Knast eben.

»Frittaten« sind keine Fritten, sondern Pfannkuchenstreifen, die man in Österreich in der klaren Suppe isst.

Vorsicht beim Einkaufen: Mit Paradiescreme haben die »Paradeiser« nichts zu tun – es sind schlichtweg Tomaten.

Der »Asylwerber« macht nicht etwa Werbung für Asyl, sondern ist ganz einfach der deutsche »Asylbewerber«.

Und Vorsicht! Mit dem »Klobesen« kehrt man nicht etwa das Bad, sondern bürstet etwaige Hinterlassenschaften aus der Schüssel.

Mann!

Dies ist das häufigste Substantiv in deutschsprachigen Romanen. »Frau« folgt gleich dahinter auf Platz 2. Wie leider so oft im Leben.

Schwirige Rächtschraibung

Rythmus, Rhytmus, Rhythmus? Klar, das schlägt man lieber gleich nach. Richtig kniffelig wird es bei Wörtern, bei denen man doch eigentlich genau weiß, wie sie geschrieben werden. Oder doch nicht?

- Agressiv oder aggressiv?
- Grölen oder gröhlen?
- Grabscher oder Grapscher?
- Tschüss oder Tschüs?
- Bisquit oder Biskuit?
- Ekstase oder Extase?
- Picksen oder piksen?

Lösung:
1b, 2a, 3a und b, 4a und b, 5b, 6a, 7b

Wortschatzgrößen

Der Dichter mit dem größten Wortschatz ist Johann Wolfgang von Goethe – gegen die 90 000 Wörter, die sich in seinen Werken finden, kann auch Shakespeare nicht anstinken. Der bringt es gerade mal auf 30 000. Trotzdem nicht schlecht. Beim Durchschnittsdeutschen umfasst der aktive Wortschatz um die 15 000 Wörter.

Manchmal aber reicht der größte Wortschatz nicht aus, um Dinge zu beschreiben, zum Beispiel das Grauen des Krieges. Der Dichter August Stramm (1874–1915) weiß sich da zu helfen:

Kampfflur

Glotzenschrecke Augen brocken wühles Feld
Auf und nieder
Nieder auf
Brandet
Sonne
Steinet Sonne
Und
Verbrandet.

Manchmal ist die Sprache derart verwüstet und unmöglich geworden, dass nur noch Rhythmus und Klang – nicht der Sinn – die Worte zusammenhalten können.

Seepferdchen und Flugfische

tressli bessli nebogen leila
flusch kata
ballubasch
zack hitti zopp

zack hitti zopp
hitt betzli betzli
prusch kata
ballubasch
fasch kitti bimm

zitti kitillabi billabi billabi
zikko di zakkobam

fisch kitti bisch

bumbalo bumbalo bumbalo bambo
zitti kitillabi
zack hitti zopp

tressli bessli nebogen grugu
blaulala violabimini bisch
violabimini bimini bimini
fusch kata
ballubasch
zick hitti zopp

Hugo Ball
(1886–1927)

Willst was gelten, mach dich selten!

Q

Der seltenste deutsche Buchstabe.

Häufigkeit < 0,05 %

Tausendsassa

E

Der häufigste deutsche Buchstabe.

Häufigkeit > 17 %

Digital verseucht …

Wir streicheln unser Smartphone häufiger als unsere Kinder, Likes in den sozialen Medien sorgen für eine ähnliche Endorphinausschüttung wie ein Kuss, und über 50 Prozent der nach 1995 Geborenen beschreiben ihr Handy gar als ihren besten Freund.
Schlau wie die deutsche Sprache ist, hat sie das bereits erkannt und greift auf Begriffe aus der digitalen Welt zurück, um den Digital-Detox einzuleiten:

Stecker ziehen Neustarten
Abschalten
Auslogen Runterfahren

Reliefpfeiler

Laut *Guinnessbuch der Rekorde* von 1997 das längste deutsche Ein-Wort-Palindrom, also Wort, das rückwärts gelesen dasselbe Wort ergibt.
Noch nie was von »Lagertonnennotregal« gehört, liebe Guinnessfreunde?

Komplizierte deutsche Übersetzung

Der Heiratsantrag	
Englisch	*Will you marry me?*
Deutsch	*Wenn wir heiraten, hat das wirklich riesige steuerliche Vorteile. Und wenn wir jetzt im Dezember noch einen Termin bekommen, gilt das für das ganze Jahr. Außerdem macht das auch alles viel unkomplizierter, wenn mal Kinder da sind.*

Einfache deutsche Übersetzung

Abschied von einer Zufallsbekanntschaft	
Amerikanisch	*It was really awesome to meet you. Should you ever be in Missouri you need to come to my house and stay the night with your whole family. That would make me super happy!*
Deutsch	*Tschüs.*

Schräge deutsche Übersetzung

Englisch	Deutsch	Rück-übersetzung
All or nothing	Jetzt geht's um die Wurst.	It goes around the sausage now.
WTF!	Ich glaub, ich spinne!	I think I spider.
Nope!	Den Teufel werd ich tun!	The devil I will do.
What?	Ich versteh immer nur Bahnhof.	I understand only train station.
What?	Das sind für mich böhmische Dörfer.	That's just bohemian villages for me.
R U crazy?	Du hast doch nicht alle Tassen im Schrank!	You're missing some cups in your cupboard!

R U crazy?	Du hast doch 'nen Vogel	You have a bird!
I'm so surprised!	Ich fall aus allen Wolken.	I fall from all clouds.
I'm so surprised!	Ich glaub, mein Schwein pfeift!	I think, my pig whistles.
I'm so mad!	Ich bin fuchsteufels-wild.	I'm foxdevils-wild.
I'm so mad!	Mir platzt gleich der Kragen!	My collar will burst immedi-ately!

Schamlose deutsche Übersetzung

Friends with benefits = Sexfreund

»Vatertag bis Muttertag mit Vögeln verbringen!«

Aufforderung des Naturschutzbunds Deutschland im Frühjahr 2018.

Falsch gedacht ...

Wusstest du, dass das Wort »Armbrust« weder mit Armen noch der Brust zu tun hat? Es geht zurück auf die lateinische »arcuballista« – eine »ballista«, also eine Wurfmaschine, mit der man Dinge schön im »arcus«, im Bogen, werfen kann.
Ähnlich ist es mit dem »Pleitegeier«, der durchaus nicht als hässlicher Vogel über den Armen in Geldnot kreist, sondern auf das jüdische »-geier« für »-geher« zurückgeht. Ein Pleitegeier ist also jemand, der pleitegeht.
Und schließlich unser letztes Opfer der Volksetymologie: die »Hängematte«. Die geht nämlich eigentlich auf das indianische Wort »hamaka« zurück, das über Spanien nach Europa kam – allerdings konnten die mittelalterlichen Deutschen mit diesem seltsamen Wort recht wenig anfangen und bauten sich ein lautlich ähnliches Wort zusammen, das den Gegenstand auch noch perfekt beschreibt. Einfach genial, oder?

Groß- und Kleinschreibung kann Leben retten.

Liebe Schwiegermutter,
ich hab dich **U**ngeheuer lieb!
Dein
Friedrich

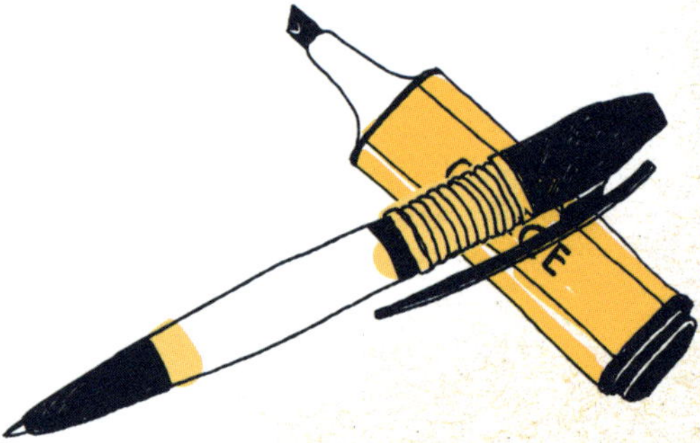

Der feine Unterschied

••

Das Wetter ist sehr schwül heute.
Das Wetter ist sehr schwul heute.

TEIL 2

Sprachlernend in Deutschland

Taxifahrer: »Wohin?«
Irina: »Akkusativ!«

Von wegen kompliziert ...

Dennoch an dieser Stelle ein kleiner Exkurs ins Spanische zur Ehrenrettung des vermeintlich pedantischen Deutschen. Denn auch in anderen Sprachen ist es durchaus so, dass Kleinigkeiten für große Unterschiede sorgen können:

Mi papá tiene 50 años. = Mein Papa ist 50 Jahre alt.

Mi papa tiene 50 anos. = Meine Kartoffel hat 50 Arschlöcher.

TEIL 2

Ohne die Deutschen geht es nicht …

Im Französischen

le kaiser le bourgmestre
LE HAMSTER LE BRETZEL l’ersatz
LE SCHNAPS le rollmops
la hase le zeitgeist le lied
LE SCHNORCHEL la schlitte

Nicht mein Bier …

Nicht überall in Deutschland bekomme ich das gleiche, wenn ich einfach »ein Bier« bestelle. Auch das hat die Uni Salzburg herausgefunden.

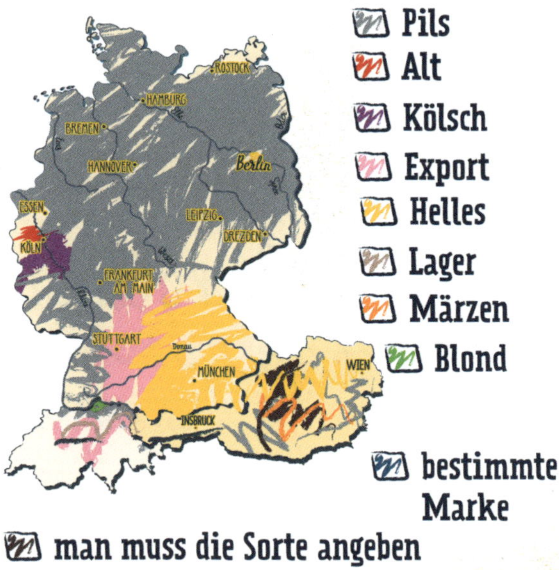

Ein wichtiger Reisehinweis also für alle, die noch oder wieder in Deutschland Urlaub machen: **Vorsicht bei der Stoffbestellung.** Wobei man sich ja heutzutage sowieso meist durch eine dicke Karte an Craft-Bieren kämpfen muss. Das Leben wird eben einfach immer komplexer …

Abrakadabra

Kein Wort im Duden enthält mehr As – ohne irgendeinen anderen Vokal.

5. TEIL

Finde den Unterschied

Was geht dir, lieber Leser, am Freitagabend durch den Kopf?

A: Wäre ich doch nur Dichter!

B: Wäre ich doch nur dichter!

Reiche Frucht

Eine solche brachte die 1617 gegründete Fruchtbringende Gesellschaft, die sich dafür einsetzte, dem Eindringen von Fremdwörtern in die schöne deutsche Sprache einen Riegel vorzuschieben.
Der Dichter Philipp von Zesen war besonders aktiv dabei, deutsche Alternativen für lateinische und griechische Fremdwörter zu finden. Einige setzten sich durch. Andere … nicht.

- Anschrift für Adresse
- Ausflug für Exkursion
- Bücherei für Bibliothek
- Emporkömmling für Parvenü
- Grundstein für Fundament
- Haarkräusler für Friseur
- Jungfernzwinger für Nonnenkloster
- Kreislauf für Zirkulation
- Meuchelpuffer für Pistole
- Rechtschreibung für Orthographie
- Scheidekunst für Chemie
- Weltall für Universum

Jedem Anfang wohnt ein Zauber inne …

Olympische Hymne

J*auchzend steigt die Olympiade,*
O*lympiade unsrer Zeit!*
A*lles wartet der Parade.*
C*höre harren klangbereit.*

I*n Begeisterung sich heben*
M*uss beim Anmarsch solcher Macht*
R*echts und links das Volk. Es beben*
I*hre Herzen welterwacht.*

N*ur mit Geist kann Leib gedeihen.*
G*eist erstarkt an Mut und Kraft.*
E*inen beide sich, dann weihen*
L*eben sie, das Leben schafft.*

***N**icht der Zorn soll Muskeln schwellen,*
***A**ber jugendheißes Spiel.*
***T**retet an, ihr Kampfgesellen!*
***Z**ieht mit Gott zum edlen Ziel.*

Hast du das Akrostichon entdeckt, lieber Leser?
Die Anfangsbuchstaben der *Olympischen Hymne* ergeben
aneinandergereiht den Namen des Autors:
Joachim Ringelnatz.
Der von den Nazis mit einem Auftrittsverbot
belegte Schriftsteller und Kabarettist hatte
dieses Gedicht unter falschem Namen als seinen
Vorschlag für die Olympische Hymne eingereicht und
sich so zwischen die Zeilen gemogelt.

Kleinod

Dieses Wort wurde 2007 in einer Umfrage zum schönsten bedrohten deutschen Wort aus 3 000 Einsendungen ausgewählt. Vielleicht sollten wir uns alle bemühen, das Wort ein bisschen mehr in unseren alltäglichen Wortschatz einzubauen. Wie wäre es statt »Guten Morgen, Liebling!« mit einem zärtlichen »Guten Morgen, Kleinod!«? Kreativer ist diese Lösung auf jeden Fall, oder, Schatz?

Der kleine Unterschied

Der Single: alleinstehende Person

Die Single: Lied, das allein – also single – auf einem Tonträger veröffentlicht wird

Das Single: Einzelspiel zwischen zwei Spielern, zum Beispiel beim Badminton

**Geist ziert Leben,
Mut hegt Siege,
Beileid trägt belegbare Reue,
Neid dient nie,
nun eint Neid die Neuerer,
abgelebt gärt die Liebe,
Geist geht,
umnebelt reizt Sieg.**

Wie wahr! Außerdem ein herrliches Satzpalindrom – von hinten wie von vorn nämlich dieselbe Botschaft.

Anneliese Braun ...

... ist nicht die einzige rätselhafte Person, die sich deutschen Ohren zufolge in berühmte Songtexte eingeschlichen hat. Im Fall des bekannten »California Dreamin« von The Mamas and the Papas tritt besagte Dame an die Stelle von »All the leaves are brown ...«
Bei »The Power« von Snap! ist es dann eine gewisse »Agathe Bauer« – statt »I've got the Power«.
In »Sympathy for the devil« besingen die Stones wiederum eine Gisela ohne Nachnamen, die sich vorstellen möchte – »Please allow me to introduce myself.«
Und in Matthias Claudius' *Abendlied* steigt statt des »weißen Nebel wunderbar« der »weiße Neger Wumbaba« aus den Feldern.

Der Rheinische Fächer …

… hat nichts mit Frischluftbedarf zu tun, sondern beschreibt ein linguistisches Übergangsgebiet, das im Rahmen der zweiten Lautverschiebung entstanden ist, die nicht an allen Orten gleichmäßig voranschritt.
Die Folge: Ganz viele ganz nah beieinander wohnende Menschen sprechen manchmal ganz unterschiedlich:

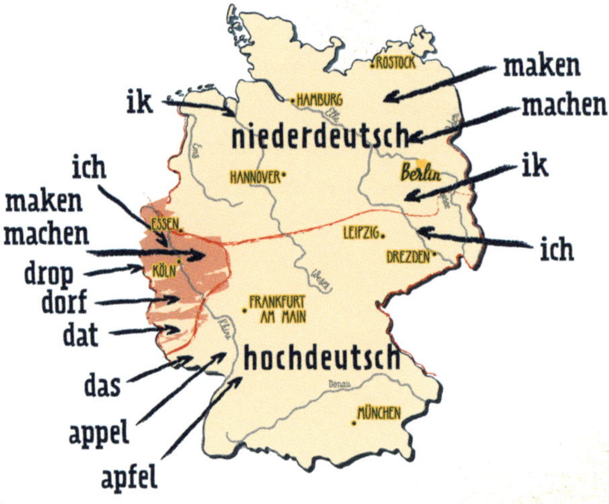

Alles Englisch, oder was?

Durchaus nicht – zwar hat etwa ein Viertel der aktuell im Duden verzeichneten Begriffe fremdsprachige Wurzeln, aber nur etwa 3,5 Prozent davon sind Anglizismen. Viel häufiger:
Griechisch und Latein mit jeweils zwischen **5 und 6 Prozent.**

DUWIPA!

Nicht alle werden über die Nachricht, die sich hinter diesem nicht ganz so verbreiteten Chat-Kürzel verbirgt, gleichermaßen erfreut sein: »Du wirst Papa.«
Noch etwas seltener: DUWIMA! Was allerdings nicht wirklich überrascht. Allerdings wäre das, wie ich finde, doch eine herrliche Aufschrift für das Ergebnisfenster beim Schwangerschaftstest. Außerdem für den doppelten Preis erhältlich: der Pärchen-Schwangerschaftstest mit der Aufschrift: IWEEL.

TEIL 6

Finde den Unterschied

Der Gefangene floh

Der gefangene Floh

Alte Liebe

Dû bist mîn, ich bin dîn.
des solt dû gewis sîn.
dû bist beslozzen
in mînem herzen,
verlorn ist das sluzzelîn:
dû muost ouch immêr darinne sîn.

Das gegen Ende des 12. Jahrhunderts von einem anonymen Schriftsteller verfasste Gedicht gilt als das älteste Zeugnis mittelhochdeutscher Liebeslyrik.

TEIL 1

Spiegel der Zeit

Aufmüpfig war 1972 das erste »Wort des Jahres«.
1989 war es Reisefreiheit.
1990 die neuen Bundesländer,
1991 dann bereits der Besserwessi.

TEIL 3

Nichts ist unmöglich

Im Deutschen gibt es auch eingefleischte Vegetarier.

DOPPELDEUTIGKEITEN II:

Herzlichen Glückwunsch!

Klaus hat zu seinem Geburtstag ein Veilchen bekommen.

Klein, aber oho!

Kein lateinischer Buchstabe, aber verantwortlich für die längste einfache – also nicht irgendwie zusammengestückelte – Konsonantenreihung im Deutschen ist dieser Buchstabe:

щ

Er steht im Kyrillischen für das »schtsch« im unaussprechlichen »Borschtsch«.

Noch ein Konsonant mehr, wenn man denn zusammengesetzte Wörter erlaubt, treibt uns

Angstschweiß

auf die Stirn.

TEIL 2

Spiegel der Zeit

Das »Unwort des Jahres« gibt es seit 1991 und ist seitdem nicht weniger ein Messgerät am Puls der Zeit als das »Wort des Jahres«.
2008 – im Jahr des großen Crashs – waren das zum Beispiel die notleidenden Banken, 2017 die omnipräsenten alternativen Fakten.

Luat enier sidtue an eienr elgnhcsien uvrsnäiett,
ist es eagl in wcheler rhnfgeeloie die bstuchbaen
in eniem wrot snid. das eniizg whictgie ist,
dsas der etrse und der lztete bstuchbae am rtigeichn
paltz snid.
der rset knan tatol deiuranchnedr sien und man
knan es ienrmomch onhe porbelm lseen.
das legit daarn, dsas wir nhcit jeedn bstuchbaen
aeilln lseen, srednon das wrot als gzanes.
das glit nülicatrh nchit nur für die dtsecuhe srchpae.

e

i

a

u

o

Die Vokale in der Reihenfolge ihrer Häufigkeit in der deutschen Sprache.

Tom Vorlost Riddle ist Lord Voldemort

Vermutlich das bekannteste Anagramm der letzten 50 Jahre. Aus den Buchstaben der ersten Zeile lassen sich die Worte der zweiten Zeile bilden.

Der Islam gehört zu Deutschland?

Nun, auf jeden Fall gehört das Arabische zur deutschen Sprache. Und zwar diese Arabismen, die in der Regel im Mittelalter und der Frühen Neuzeit – manchmal nach Umwegen über andere Sprachen – ins Deutsche eingewandert sind und sich perfekt integriert haben:

- alkohöl
- haschisch
- fanfarë
- karaffë
- lautë
- matratzë
- rabatt
- schachmatt
- talisman
- tarif
- ifför
- zuckër

Wo kommt ihr denn her?

Diese Wörter hören sich ungemein vertraut an, sind aber aus den exotischsten Sprachen zu uns eingewandert:

- Jaguar: Guaraní
- Anorak: Eskimo-Aleutisch
- Kaviar: Türkisch
- Schokolade: Aztekisch
- Tee: Kantonesisch
- Shampoo: Hindi
- Tulpe: Türkisch
- Zigarre: Mayanisch
- Futon: Japanisch
- Piranha: Guaraní

I beg your pardon?

10 Anglizismen, die es im Englischen so gar nicht gibt:

- Mobbing
- Handy
- Beamer
- Partnerlook
- Messie
- Whirlpool
- Slip
- Barkeeper
- Public Viewing
- Shootingstar

Vorsicht besonders bei Letzteren! »Public viewing« ist eine öffentliche Leichenschau. Und das Kompliment, jemand sei ein echter »shooting star«, ist im Englischen eher ein Verweis auf die Kurzlebigkeit des Ruhms: Der »shooting star« ist nämlich eine Sternschnuppe.

TEIL 2

Unübersetzbar

Fingerspitzengefühl – das Englische schlägt in so einem Fall »intuition« vor – aber wer schon mal versucht hat, seiner Freundin zu erklären, dass die neue, teure Frisur nichts für sie ist, der weiß, dass es allein mit Intuition hier nicht getan ist.

Weitere Beispiele

- fremdschämen
- Abendbrot
- Schnapsidee
- Dornröschenschlaf
- Kopfkino
- Backpfeifengesicht
- Sitzfleisch

Komische Bücherwelt

Le Train de Nulle Part von Michel Dansel – kein einziges Verb. Selbst überprüfen? Nur auf Französisch möglich! Auch auf Deutsch gibt es den Roman *Anton Voyls Fortgang* von Georges Perec, der komplett auf das E verzichtet – aber das mache ich hier jetzt nicht nach …

Ohne Begleitung

Nur etwa 0,1 Prozent aller deutschen Substantive werden *immer* ohne Artikel gebraucht, zum Beispiel das Wort Sardinien.

Das andere Links

Untiefe: eine sehr tiefe Stelle im Wasser – oder eine besonders seichte Stelle.
abdecken: eine Sache aufdecken – oder sie wieder zudecken.
grundsätzlich: ausnahmslos – außer in der Juristensprache, dann ist das nur das Grundsätzliche, von dem es gaaanz viele Ausnahmen gibt.
übersehen: etwas nicht sehen – oder eine Sache komplett im Blick haben.
umfahren: um ein Hindernis herumfahren – oder es einfach umbrettern.

Der Fachbegriff für Wörter, die eine Sache und genau ihr Gegenteil bedeuten können, lautet »Januswörter«, nach dem römischen Gott des Anfangs und des Endes, der in Darstellungen gleichzeitig nach vorne und hinten blickt, also zwei Gesichter zeigt.

Eine Geschichte in sechs Worten

Wir schreiben die Golden Zwanziger. Ernest Hemingway lässt sich aus einer Schnapslaune heraus auf eine Wette ein. Und gewinnt. Er schreibt eine Kurzgeschichte mit gerade einmal sechs Wörten.

»For sale: Baby shoes. Never worn.«

Wir Deutschen – Meister der Effizienz – können das sogar noch kürzer:

»Zu verkaufen: Babyschuhe. Ungetragen.«

TEIL 4

Nichts ist unmöglich

Wir Deutschen können manchmal auch ganz schön scheinheilig sein.

Für den Notfall

So wunderbar die deutsche Sprache auch ist, manche Menschen sprechen sie aus unerfindlichen Gründen nicht. Also raus mit dem eingestaubten Schulenglisch. Hier die Basics für eine reibungslose Verständigung mit Muttersprachlern.

My English is not the yellow from the egg. But it goes.
How goes it you?
Mealtime!
I know me here out.
Where round goes it?
Everything in green area!
How horny is that then?
Nothing for ungood!
Makes nothing!
Don't you think that reaches now?
Who has the has!
I can not more.
That find I also.
I look not back, I look in front.
That goes but not!

Go to the page!
I wish you what!

Again what learned …

Von wegen kein Sinn für Humor. Diese

Ortsbezeichnungen

gibt es in Deutschland wirklich:

- Tuntenhausen
- Lederhose
- Blödesheim
- Katzenhirn
- Rammelsbach
- Sexau
- Elend
- Kotzendorf
- Meinkot
- Busenhausen
- Petze
- Langweiler
- Fegefeuer
- Oberhäslich
- Pups
- Unterkaka

Mit dem Titel »längster Ortsname Deutschlands« kann sich

Schmedeswurther-westerdeich,

ein Ortsteil der Gemeinde Schmedeswurth im Kreis Dithmarschen, schmücken.

Natürlich hat

Steinach bei Rothenburg ob der Tauber

ein paar mehr Buchstaben zu bieten. Aber da sind ja viel zu viele Leerzeichen dazwischen. Gilt also nicht.

Baumbeschneidungs-konvention

Nein, liebe Gartenliebhaber und Waldbewirtschafter. Bei dieser Konvention handelt es sich nicht um eine neue Vorschrift für den fachgerechten Baumschnitt, sondern um einen linguistischen Begriff aus der generativen Transformationsgrammatik.
Again what learned, gell?

TEIL 3

Ohne die Deutschen geht es nicht …

Im Russischen:

glintwejn schpion RJUKSAK
schtraf bakenbardy
BUTERBROD LANDSCHAFT
wunderkind TRAUR masschtab
schlagbaum edelwejs

SozSichAbkÄndAbk-2ZAbkTURG

So lautet die Abkürzung für das Gesetz zu dem Zusatzabkommen vom 2. November 1984 zum Abkommen vom 30. April 1964 zwischen der Bundesrepublik Deutschland und der Republik Türkei über Soziale Sicherheit und zu der Vereinbarung vom 2. November 1984 zur Durchführung des Abkommens.
Ein bisschen kürzer ist die Abkürzung ja schon …

Das Fazit aus diesem Buch

Die Möglichkeiten – und Schönheiten – der deutschen Sprache können, wie du, lieber Leser, in diesem Buch gesehen hast, einen, wenn man sich, was man ruhig tun sollte, darauf einlässt, überraschen und begeistern.

Über die Autorin

Dr. Marlena Fischer ist promovierte Literaturwissenschaftlerin und von dem Augenblick, da sie ihr erstes Buch bewusst aufgeschlagen hat (es war übrigens 1992 *Der Bohnen-Jim* von Christine Nöstlinger), der Literatur, der deutschen Sprache verfallen. Für sie gibt es ungefähr 1 000 000 000 000 000 Gründe, weshalb Deutsch die wundervollste Sprache der Welt ist. Für den Verlag hat sie diese Sammlung auf 140 Seiten zusammengekürzt. Dr. Marlena Fischer lebt und arbeitet bei Bamberg.

Spannende,
witzige und
hochinteressante
Bücher
zum Nach-
und
Weiterlesen

Bußmann, Hadumod: Lexikon der Sprachwissenschaft. Stuttgart 1983.

Duden: Im Zweifel für den Genitiv. Die meistgestellten Fragen an die Dudenredaktion. Mannheim 2008.

Duden, Sprache in Bildern: Zahlen, Fakten & Kurioses aus der Welt der Wörter. Berlin 2017.

Duden, Unnützes Sprachwissen. Erstaunliches über unsere Sprache. Berlin 2012.

Genzmer, Herbert: Deutsche Sprache. Ein Schnellkurs. Köln 2008.

Henschel, Gerhard: Zungenbrecher. Hamburg 2012.

Kunze, Konrad: dtv-Atlas Namenkunde. Vor- und Familiennamen im deutschen Sprachgebiet. München 2003.

Steinfeld, Thomas: Der Sprachverführer. Die deutsche Sprache. Was sie ist. Was sie kann. München 2010.

Stemmler, Theo: Wie das Eisbein ins Lexikon kam. Ein unterhaltsamer Gang durch die deutsche Wortgeschichte. Mannheim 2007.

Bildnachweis

Seite 5: Maria Wittek, München
Seite 12: Shutterstock.com/*Freeda*
Seite 14: Shutterstock.com/*lena_nikolaeva; Macrovector*
Seite 16, 19, 20: Maria Wittek, München
Seite 24–25: Shutterstock.com/*KateChe; gst; origami cat; MatiasDelCarmine; riedjal; doddis77; NotionPic*
Seite 28: Maria Wittek, München
Seite 31: Shutterstock.com/*Beskova Ekaterina*
Seite 33: Shutterstock.com/*Vector Tradition*
Seite 36: Shutterstock.com/*GoodStudio; MatiasDel Carmine*
Seite 39: Shutterstock.com/*Pretty Vectors*
Seite 53: Shutterstock.com/*Firanqiz Seyidova*
Seite 57: Shutterstock.com/*bignoze; yomogi1*
Seite 61: Shutterstock.com/*lisima*
Seite 73: Shutterstock.com/*tynyuk*
Seite 79: Wikipedia/AndreasPraefcke
Seite 89–90: Shutterstock.com/*Beskova Ekaterina*
Seite 98: Maria Wittek, München
Seite 100: Shutterstock.com/*ddok*
Seite 104, 105, 112: Maria Wittek, München
Seite 114: Shutterstock.com/*blocberry*
Seite 117: Shutterstock.com/*tynyuk*